緩慢

是風景

的

名
字

Slowness:
the Name of Scenery

米力 ——————— —————— 文字·繪畫

目錄

因為緩慢，世界在我們眼前開顯

詹偉雄／文

> 要理解萬物，你必須長入萬物之中，也讓它們在你之中生長。
> To know things you have to grow into them, and let them grow in you.——Tim Ingold,《Making》, 2013

即便我們都不是專業的藝術評論家，但我們很早就明白：一位風景畫家（landscape painter）在她／他的畫布上所再現的，並不是那一片地景，而是當事人心中洶湧的情感。

畫家保羅・塞尚（Paul Cézanne, 1839~1906）——上世紀歐洲藝術從後印象派轉向象徵主義的關鍵人物——生命的後三十年，都住在法國南部、馬賽港北方的一座小城艾克斯普羅旺斯（Aix-en-Provence），從他的住所往日出的東邊看去，挺立著一座海拔一千米出頭的聖・維克多山（Mont Sainte-Victoire）。這座山引發他無數的情緒，因而在他有生之年，為它留下了超過三十張的畫作。這是藝術史上一樁著名的公案：一位天才畫家，為什麼要重複地為同一個地景作畫？

但是看看畫家自身的告白，我們也許不是那麼全然理解，至少可以共感地同意：畫下這些作品，有助畫家的心靈健康，「看看聖・維克多山，它多麼熱切，多麼渴望陽光，但到了晚上，當所有這些

重量落回地面時，它又多麼憂鬱……這些大塊物質是由火組成的。火仍然存在於它們之中。黑暗和日光似乎都在恐懼中從它們之中退縮，顫抖著。我們頭頂上就是柏拉圖的洞穴。看，當大片雲朵經過時，它們在岩石上投下的顫抖的影子，彷彿被燒焦，突然被火吞沒了*。」

米力的畫冊與散文集《緩慢是風景的名字》之所以誕生，我相信理由和塞尚一樣，她／他們行走在高地起伏的地形中，呼吸著冷冽或燥熱的空氣，脈搏加速、汗液迸流，當事人感受到身體慢慢與地球的拓撲結構結合為一，她／他們心想：這宛若天啓、決定的瞬間必定要被捕獲留存，所以拿起彩筆，把剛剛知道的事畫下來。

和一般透過閱讀、演講、思考而得到的「理性的知道」不一樣，步行者（wayfarer）憑藉著雙腳，蜿蜿蜒蜒，探入荒野，爬上高山，穿越風雨，或潛入海洋，獲得的是身體接獲大自然開顯的──或可這麼說──「存有的知曉」。陡坡、森林、飛鳥、崩崖、苔蘚、雲霧、泥塘、獸徑、冰晶……以其包羅萬象、時間與空間尺度都凌駕於人的灌注物，浸泡了我們整個生命。步行者因為這種「知曉」而深深亢奮，法國哲學家梅洛龐蒂（Merleau-Ponty）用一種鮮活的比喻形容這種交鋒的喜悅：這是世界「攻進」了我們（of invading us），以及我們怎麼面對這場「進攻」（of meeting this invasion）。荒野以其任性或蠻橫，逼迫行路人必須與地形協商，咀嚼風險，也同時激發他即興的身手。它是一種能量，吹拂並穿透受折磨者的存在，於此，最深的痛苦和最強的快樂並存，因為一個更新、更有智慧的自我浮現了。

一本風景畫冊的出現，究其竟，其實是一位畫家無數個新生自我誕生的過程。

米力是新近和我一齊爬山的山友。在我的山友中，形形色色，但她的特別之處是第一次爬山就上癮。有人爬山是為了拍出美麗照片，上社群媒體分享來擴展社會資本，但上癮的人不是，她／他領略了登山這種行為中最神聖的奧祕：我們開始用身體，而不是用大腦來思考，這種獨處的激情只能自我把握，無法分享。

當爬上一道綿延不見盡頭的上坡，接下來再面對俯衝式的下坡，我們是用身體認識了山，而不僅是看地圖上的等高線，可以輕鬆地聽著爵士樂來把握和理解。在運動中思考的獨特之處，並不是思維的流動是動態的，而是思維本身就是動態的。一棵山巔的樹，當我們把它當作前景走向它，與我們走過它之後面對一頭鹿，這種時間上「趨近」（coming to）和「離開」（going from）的接續經驗，使我們在行路過程中目不暇給；行路正因其緩慢，不僅讓登山者知道得更多（know much），也讓她／他知道得更好（know well）。

米力有次說：上山下來，大腿的肌肉還在痠痛，她就馬上開始作畫。這經驗我也有過：順著山徑，事件一一發生，目擊被記錄下來，生命像蓓蕾一般被翻開了。

恭喜米力新書出版。

* 引用自 Susan Alyson Stein,《The Annenberg Collection: Masterpieces of Impressionism and Post-Impressionism》, 2009.

自序

　　五十歲歸零，空白的履歷從繪畫重新開始，中年風景不再表面華麗，好好看向內心，做一個單純的人。

　　這幾年我沒有特別想做的「工作」，嗜好倒是增加了養植物、登山和畫畫，身心明顯感受到前所未有的平靜。我喜歡孤獨，不太多話，想說的話都畫進畫裡，也漸漸對社群吵雜的聲音少有反應。

　　回首十八歲時，我從復興美工畢業，唯一想做的事便是升學。同學不是出國念書就是往補習班去，但家中的經濟狀況忽然變壞，我沒辦法繼續升學，只能躲進廁所裡大哭一場。改善家中的經濟變成當時最重要的一件事。

　　我站在求職工作的佈告欄前要抄下想投履歷的公司，當時我念的是包裝組，於是把目標放在九〇年代風潮時興的禮品業。後來我鎖定同一家禮品公司，三次應徵，屢屢被打槍仍不放棄，不斷提出

應徵的作品。大概是主管看我鍥而不捨就答應試用，所以我非常珍惜。

　　我在人人都是插畫高手的環伺下，學到生存就是競爭，不想被淘汰就必須加強自己對市場的洞悉力和速度，從標準線下的技能爬升到讓老闆注意到我的企圖心，這一晃眼就是二十七年。從每個案子都要競圖的小美工，慢慢拔擢成為課長、設計總監，最後是掌管近八十名員工的開發處長。

　　我接任管理職的時候，老闆告訴我：「現在開始，你不要只想著畫圖，要把自己放到高一點的視野，學習看市場，這比親自去畫圖更重要。」看圖，給予設計師像是解鎖般的意見。工作之餘，我靠寫作和插畫來增加自己的養分，這也另外開啟了我後來成為一名圖文作家的緣分。

　　退休後我仍然忙碌。幾年後，我漸漸覺得自己的心離繪畫太遠，沒有可以留下來的作品，存在電腦裡的檔案和實際繪在紙上的畫作是不同的層級。

　　二○二○年我做了一個決定，改變自己的生活狀態，從此只為自己的喜愛畫畫，當成日常作業。每天規律地如打卡上班，定時坐在畫桌前，不管畫得好不好，都是累積。這段路程看似放棄了只求績效的價值，卻帶領我走向藝術，看懂人生是對應自己不足的明鏡。

　　從山邊、海邊到不同國境，從森林到荒野到屋子裡的一朵花。由遠至近的觀看靈感，都是大自然給我的無窮素材。

　　「緩慢是風景的名字」，我認真地重整生活步伐後，懷著不急著兌現的心情，慢慢地讓眼光讀懂風景的訊息，它的名字就是自己。

　　有人問我：「你怎麼開始畫畫的？如何從空白之處下筆？」
　　我回答，把自己放到繪具面前，自然就會湧現生活中經歷的片段。我的畫多是在生活中觀察大自然，或是登山及旅遊時所見。自然的美景就在眼前，不需要付費。擷取大自然的美，化為筆下的作

品，也是自然而然的事。說來很簡單，就是一直畫下去，它就會慢慢長出自己的樣貌，就是所謂的「風格」。

二〇二三年十月，我第一次算塔羅牌，占卜師翻到一張名為「THE LOVER」的牌，他說：「現在的你正經歷此生最好的決定，目前從事的工作讓你更愛自己，也能令他人感受到愛，這件事你可以做到八十六歲。」

我仍會繼續登山、繼續旅行、繼續創作，分享心中的一方平靜。

劫 寫於二〇二四年一月

山在那裡，我們往山裡去

台灣是座群山之島
中年後才進入祕境

萬籟俱寂寄予山林
空谷足音相約峰頂

它洗滌了身心疲憊
治癒過往種種不寧

起點

　　萬事皆有起點。二〇二〇年我結束了一檔畫展「溫室裡的花朵」，正開啟窩居繪圖的模式，小畫小圖有小宇宙，漸漸希望心能更開闊一些，就像從小尺寸的畫到大尺寸，需要有走出去放大世界的理由。

　　我第一次登夢幻湖是二〇二一年一月十九日。討厭運動的我來到了登山口，在夫君的慫恿下，硬著頭皮開始爬「郊山」。從來沒有想要爬山的我，和很多人一樣已經失去了開啟的本能，說夢幻湖是「登山」可能會被訕笑，它才五百公尺吧，可是我階梯爬得很喘，回家後還鐵腿了幾天。

　　沒做過的事情，很容易覺得困難也不見得有趣。一旦有了開始，就有了經驗，做了幾次，可能逐漸就會產生興味。近年能引起我興味的事已經不多了，「登山」是自我挑戰的事，沒人可以幫助我。

　　我能持續登山要感謝夫君。喜歡自然勝過城市的他，每個星期為我安排一條郊山行程，漸漸地讓山林之美走入我的心底。這段隨意的郊山之路也開啟我登山的興趣。

　　登山可驅走負能量，從高處遠眺世界，使心胸豁達，能帶來無法言喻的力量，這樣的輕度冒險具有「不確定」的吸引力。美好的事物總是一步一步走出來的體驗。

包覆在裡面

十一月的陽明山是芒色
蒼茫的白連成一片

走進未知，也走向自我
只聽自己心跳和呼吸的聲音

跨步向前
一步一步被山包覆
純粹的心念

喜歡這樣的感覺
被包覆在山裡面

　　這幅畫有別於以往濃烈的色調，表現既暖又白的景致。滿天串串銀白的芒草花，像是把山色包覆上軟軟的羽絨，既輕又軟，如輕盈地踩踏著，駕霧於雲端。芒草花絮漫漫地無盡延伸，環抱著山，也包覆著登山的人。

芒茫竹篙山

　　無論登小山或大山，都要對山存有敬畏之意；無論天氣好壞，必須帶著雨衣、頭燈，以及學會看離線地圖。

　　我以為陽明山看起來簡單，就自得意滿，在雲霧繚繞的芒草山頂失去判斷方向的準則。這一大意就開始偏離登山路線，走到人煙罕至的山徑。

　　本來兩個小時可以完登的路段，我花了多一倍的時間。

　　走在碎裂又濕滑的山路，內心著急，所幸最後走出來了。

　　我回頭看，芒茫的竹篙山真是美，彷彿白牆霧色壟罩山頂，路跡藏在芒草原中。綿延不絕的植被，天地蒼茫如與世隔絕。

　　迷路人的迷惘詩意。

那裡有光

你花多少時間在一件事情上
追求自己的光

在借光、閃光、聚光下
也許只是踩在他人的陰影處

在內心陰暗的角落中
堅定的光顯得格外耀眼
自己必須學會領會

　　我開始畫圖的這幾年，少與人交際，交往的朋友多是純粹喜歡美食或有共同的話題。與人少有利害關係，比較能客觀且無立場地傾聽友人內心糾結的問題。「萬物皆有裂縫，那是光照進來的地方。」每個人都會有低潮的時刻，與其躲在陰暗處，不如打開窗戶讓光照進來，有挫折才能帶來堅定。

櫻色大屯山

不冷不熱
微風涼爽
拾級而上
登高望遠
春季的草山多了甜甜的櫻色
大地色染上了粉紅，又襯著嫩綠
逶迤的山嶺下像層層展開的畫軸

繞山之間
另一城有一片海，躍於眼前
畫軸上定格
是季節限定的爛漫景色

阿肥的休日

這片森林是我的
這片湖泊是我的

每天自在地散散步
看看我的湖就很好
山綠映畫波光粼粼
風景就在裡面

北台灣最富有的狗
我叫牠小黑
敏佳的阿肥

　　敏佳鏡頭裡的小黑狗，是我的繆思。空拍機拍下的季節，自然
形成的小湖泊，動與靜相映成趣。在山林裡豢養動物很是悠哉，因
為有一位超然絕俗的主人。富有的人心靈飽滿，能看到微物之美，
也懂得欣賞自然的美。

陽明春曉

一畦一畝
油菜花田
大好青空
農家樂活

晨的圳仔頭溪
亮黃黃的幸福

　　陽明山區的油菜花並不多見，我本來想賞櫻，但時間不對，轉進小徑看到這一片農家栽種的油菜也是欣喜。山綠襯著金黃，瀰漫著植物的野氣，蒼蒼山脈與澄澈淨藍的天空互相輝映，小小地方就有好風景。

內寮古道

台灣多山，我們居住的城市只要開車一個小時就可以親近山林。我年輕時視登山是很遙不可及的事，明明山裡這麼美卻少親近，真是奇怪啊！

走在我很喜歡的內寮古道，因為它保有自然的景致，有泥土地、樹木氣根，很具生態野性。

流汗的人才能體會山帶來的治癒感原來這麼強烈。我過往常會糾結在一些瑣事裡，來到山的懷抱，似乎糾結的事就一點也不重要了。

登山的人能培養豁達的心性，樂天知命。大自然的運行自有它的天理，「陡上陡下」、「順境逆境」如此類似。

小心腳下是基本道理。

看高山吧！

大自然有助心靈沉澱
值得敬畏

人世間有榮有枯
樹有靈，也許會告訴你那千年百年

站在合歡北峰眺望
人生的第一個百岳

　　謝謝詹偉雄大哥帶領，這一趟合歡北峰是我們許多登山新手的第一座百岳，我終於明白大哥說的「殿堂」是什麼感覺。跨進這個門檻，才見到台灣山林之美，那壯闊的天際線綿延，令人難以忘懷。

綠色地毯

山相有什麼？
有成片的樹木林
有矮短的防風植物

遠眺山色，像時興的簇絨地毯
織成了一片山

　　這是合歡山。當時我應該是站在石門山看過去，同樣是綠色，因陽光照拂與所在方位不同，植物各自都有適合自己的地盤，好好生長。團體的工作也是這樣，每個人做好自己的角色，與他人共同合作，也能織成一片豐富如山的成就。

合歡山嵐

山嵐繚繞
白霧茫茫
疾風勁草
零度 C 的體感

跟上前人的腳步
亦步亦趨
登山越嶺

　　「所有的禁止都是一種邀請。」詹偉雄大哥說。這是一條合歡主峰下封閉的下山捷徑，路況稍險，但景致迷人。「跨入」這個邀請，隨著百岳高手賴淑玲前進，她輕盈似凌波微步，若不跟緊，她一轉眼便消失在眼前。

暑日的蒼霧

夏日的霧氣舒爽
稜線上朦朧帶著潮濕的海氣

一陣陰又一陣明
天象如此不急著辨明

緩步上行
疾步下行

霧裡俯瞰
不迷不斷

我們一直在同一條道路上

桃源谷

　　從草嶺古道至桃源谷大草原的路程，來回大約十八公里，屬於低難度的山徑。但走在勁風烈陽、毫無遮蔽的稜線上，考驗的是腳力。

　　隨著山脈上上下下的稜線，走起來很有成就感。有的坡度看起來很吃力，但當成闖關遊戲，走過一座又一座山頭後回望，能體會其中的快感。

　　這裡的特色是能飽覽山海，一邊是太平洋，一邊是北台灣山脈，古時連接宜蘭至貢寮的陸運交通算是淡蘭古道的一部分。

　　每次走這種古時候的交通運輸路線，我心裡都甚是佩服。那山的一頭的貨物得靠人力負重運，走過崎嶇的古道來到台北城。我曾經讀過馬偕博士的傳教路線，徒步自淡水到宜蘭這一段有四十三次之多，他是有著多強大的心念才能一再地翻山越嶺去到另一個地方傳達教義啊！

　　我們懷著郊山遊玩的心情，欣賞山海的景色多麼自在！前人可是必須完成某些任務而來到這裡，不知他們是否有餘暇欣賞風景呢？

群山埡口

草嶺連結桃源谷的終點是埡口
兩山之間稜線的最低點

海風挾著濕氣拂面
天空有老鷹盤旋

埡口有結界的感覺
屏障或分隔線

山的這邊和另一邊
各有不同的景色
亦有不同的挑戰

跨過這端的結界
我們又重新開始

任何時候都可以保有這樣的信念
給自己一個繼續前進打怪的機會

樹和風

有風的日子
樹知道

那年我在馬祖
印象最深刻的竟是這個畫面

高聳的大樹迎著季風的吹拂
天色陰沉
溫度約十度 C

牢牢地抓住根部
好好地生活下去

這幅畫用到很多斜筆，像風的線條。三月底的馬祖很冷，東北季風更顯天寒。能在這惡劣氣候中成長的人和植物都具備了堅強的意志。我們的頭和身體包得緊緊，島上的人卻如日常，就說：「是有點冷，但還好。」

大樹也一樣，風僅吹動樹梢，它仍屹立不搖。

當人能面對自己的短處，改變帶來的困難總與身體的核心程度成正比。理解這樣的自己，抓住核心，如大樹牢牢地抓住根部，也能好好地、不畏風雨地生活下去。

畫夜之間

六點三十
天微微暗
鄉間小路
染上了灰

在晝夜之間也有灰

年輕的時候凡事求黑白分明
中年才逐漸看得懂灰階

看待一切不需那麼講求清晰
模糊一點也許欣賞起來更美

　　買這幅畫的人我不認識，她說路過看到有展覽，覺得有緣就走
進來，正好是開幕那天。她看著這一幅畫，問我這是哪裡，我說是
花蓮的朋友幫我訂了一枝春燒鳥店，車子在小徑裡繞啊繞，停車後
這個景致就在對面，順手拍下的一張手晃照片。

　　模糊沒有問題，我心裡很清楚。

平靜心湖

不容易焦慮的人
通常不會遇到焦慮的事

人縱然有各種壞情緒
但多想一點好像也沒什麼非得使力擾動心湖

不知道的事就不知道
毋須什麼事都尋個究竟

喜歡湖
因為靜

「寧動千江水，不動道人心。」

日月潭的晨

　　這是我第一次住涵碧樓，這裡湖色優美。如果人家說海景第一排，這裡就是湖景第一排，有著最佳的視野。

　　晨起扶欄，天色漸光。湖面可是很匆忙的，小船疾駛過湖面，拖曳著長長的水紋裙帶，運送著這一岸那一岸的貨物，互通有無。

　　所有我們的理所當然都是靠許多人的工作日常換來的。這晨起的景致令我想到過去工作時，出差總得起個大早。我住在早市附近，市場的攤販正在上架農產品，賣熟食的小舖正在切菜，路上皆是辛勤工作的人們。說實在，比起大家的勞心勞力，我的工作算是沒得抱怨的。

　　透過勞動才能有所收穫。在小船疾駛湖心之前，更早的是準備將貨物上船的人，日復一日的鏈接。歲月看似靜好，是透過負重前行。

寂靜的豐收

畫這張圖的時候，我耳邊響起《The Sound of Silence》*這首歌，想起小時候的農村生活。騎著腳踏車進城（員林），在商場買一卷電影《畢業生》的錄音帶，趁著晚餐前回家的畫面。

十幾歲的青少年多是西洋音樂的信徒。晦暗的體制中太多不明所以的制約，但在書籍和音樂的追求上，心靈卻很富足。

我算早熟的。鎮上如果有上映西洋電影，我一向自己去看。如何得知最近上映的電影？好像是夾報吧！

那個年代的地方資訊都須透過報紙，閱讀報紙是每天必做的事。當年很受歡迎的報紙是《民生報》，特別著重在影藝和體育，學生都愛看，但家裡通常訂的報紙多是《中國時報》或《聯合報》，《民生報》得上雜貨店購買。

因為能擁有的不多，很珍惜資訊和資源。慘綠少年的背景農村是一片又一片的田地，騎著腳踏車聽 Walkman 隨身聽，倒轉、快轉反覆聆聽那首喜歡的音樂，好滿足。

夕陽餘暉，地方媽媽都在準備晚餐。沒有通訊手機的年代，每個抓緊時間流連在外的孩子得加快速度，趁著天黑前回家才是上策。

* 美國二重唱組合「賽門與葛芬柯」（Simon & Garfunkel）的歌。

上坡的路

江湖是自己一個人的
不需把希望寄託給他人

為了上坡，我們要練習
不斷累積經驗值

即使孤獨、喘吁吁
這段路仍是自己一個人前行

　　我畫了許多大景和小人物上陡坡的圖，特別對大和小的比例感興趣。相較只在意自己自拍擺第一的情況下，通常你看到的世界似乎只有人物，少了背景。人在荒野中是很渺小的存在，因為要到達目標，我們花盡氣力前行。那個目標不是那個三角點而已，而是能以更廣闊的全視野眺望這一片風景。

　　微小的人揮汗陡上，走到目的地，就如我們人生的路途，是一個人的江湖。

　　《管他的：愈在意愈不開心！停止被洗腦，活出瀟灑自在的快意人生》暢銷書作家馬克·曼森（Mark Manson）說：「挑戰性的運動比如馬拉松或登山，面對的都是『掙扎』，選擇讓掙扎變得有意義，成為對你而言是強大的事。如果能訓練自己不去在乎痛苦，你將變得勢不可當，讓這件事成為生命中有意義且值得的挑戰。」

―

Slowness: the Name of Scenery

一期一會

與深秋的山毛櫸

台灣山毛櫸多生長在高海拔的北台灣,易親近的如太平山的山毛櫸步道外,名聞遐邇的賞樹路線是號稱難度不低的北插天山。

「插天山」得名自其山形峻峭挺拔,又因為地處雲霧帶,每當山嵐湧起,如一倒插天際的樣貌。

領隊詹偉雄號稱氣象專家,看了雲圖說:「今年就剩現在囉!明天鋒面一來,氣溫驟降,山毛櫸葉子會提早掉光。」又說:「看起來中午十二點左右會有一股氣流過來,應該會下雨,這次不要大休息,我們直攻山頂吧!」後來真的如他所言,一登頂後就開始狂風大雨。

大家之所以說北插天山難爬,在於它是典型的原始中級山,樹的氣根多、岩石多,也泥濘濕滑。一路緩坡倒還好,只要抓到呼吸的節奏,倒是蠻愜意的,但後半段必須不斷拉繩上攀,連續陡上,還要翻過多崖山下切垂直的地形,才能抵達三角點。我可能一直在意不要跌倒而專注地手腳並用,為了生存的冒險力讓人忘記疲憊,總爬升約一千公尺,大約五小時(下山約需四小時)。

超過一定高度海拔後開始出現山毛櫸的落葉,踩著銹紅色落葉鋪成的毯,這條路一直往上走,森林越來越清朗。山毛櫸染成的秋色金黃而豔紅,點綴的山色浪漫綺麗,欣賞這一片景色需付出一定的體力,真的是別有一番滋味的「一期一會」。

「很快就要到冬天了。」我說。
意謂最後的山毛櫸金黃明年再見!

持之以恆

　　世間最難對付的人就是自己。人習慣給自己找藉口，但可能不留他人餘地，身處在現今吵雜的社群中，往往情緒容易被翻攪，要學習如何「別對每件事有反應」。這是我近年看到很有智慧的一本書的書名，由枡野俊明所著。生活禪是雞湯，透過短短的話語提示，化解自己過不去的種種糾結。

　　好好面對自己的方法是運動。登山是一種，登山前的自我訓練包含慢跑。

　　因為要去日本連續登山，詹偉雄大哥希望我們都能每天跑四公里。他說：「要為老年而跑。」說實在地一開始我就表示很討厭跑步，我求學階段因心臟不適，經常作為藉口逃避體育課，自然是連跑個一百公尺都嫌累。

　　但為了登山順利，不造成他人的困擾，我下定開始跑就要有「持之以恆」的決心。北市北縣河川環抱，左岸右岸都是絕佳的慢跑場所，晨跑或夜跑都能看到許多同好。

　　慢跑無法思考太多複雜的事，心很靜。打開計算配速的 App 和音樂，耳邊只有音樂和階段性的報時配速的語音。一張專輯大概能跑上五公里，能多跑就是收穫。

　　跑步和登山一樣，最初總覺得身體機能要運轉起來好像身體和

心理在打架。依據我自己的經驗，必須跑上兩公里才會開始順暢，一開始如果不堅持，很容易就會放棄。

　　相較他人的配速，我跑的速度很慢（登山也是），但先不管數據，能持之以恆又能慢慢增加公里數，對我而言已經是人生的一大步了。

向北群山下

是日，往三峽前去
大溪，台三線轉入

路的盡頭是層層相疊的北部群山
看著座標位置
山的另一頭是海洋吧

靠近的是東眼山
登頂可見遠處的觀音山、大屯山、七星山

雖說身處不同的地方
登高望遠
眼下的一切皆層層相連
不分彼此
我們都在這塊美麗的境地上

那些山永遠都在
從下往上望是期待
希望未來——登頂

多看看寬闊的景色
往遠處看通常比眼前的較真，也較好

天池山莊

最後一哩路總令人覺得特別漫長
山屋小小的，在山的另一端

炊煙裊裊
登山者腳痠

就快到了
天也快黑了

到達目的地
享用山莊的綠星晚餐

　　凡走過奇萊南華段的山友便知道，到山屋前就要走上五、六個小時的路程。這段路約十三公里，爬升約八百六十公尺，近三千公尺的緩爬升其實很消耗心力。那一趟多是新手，有各種適應困難。負重太重、缺氧、著涼等等，從中午走到天色全黑，真的全靠意志力……但就在接近終點的時分，詹偉雄大哥鼓舞大家說：「山屋就在那裡！」這點很奏效，我們遠遠看著另一座山腰上的那一個小點「山屋」，一步一步越來越靠近，然後山屋就在眼前了！此刻正是晚餐備餐時間，炊煙裊裊，肚子也餓了。

　　買這幅畫的人說，她看到這幅畫想到了自己的委屈，還好有家接住她的一切。就像那山林裡的房子，接住疲憊不堪的山友，像燈塔一樣的存在。

富里炊煙

　　我在五十歲生日那年的秋天，首度全台環島，跟著先生開車南下前往台東，一路上花東縱谷美不勝收，在趕往下榻處的途中，大約傍晚五點左右，路經花蓮富里時，看到一大片還未收成的稻田，臨時起意要下車走走。

　　這是我第一次見到一望無際的金黃稻田，花東縱谷下的天堂之路，稻穗隨風搖曳，綿延的稻毯令人醉心。遠方山嵐下的農戶在準備晚餐的陣陣炊煙，是回家的訊息。先生拍下我在稻田間行走的照片，我畫成這幅作品。

　　這幅作品就是「山」和「米」。台灣是群山之島，開車大概一小時左右，就有山可以攀登，近年來也越來越多人開始走進山林。身為台灣人，米是我們生活中最常吃到的主食，我自己用「米力」為名，對「米」也特別有感覺。

　　「山」和「米」都是我生命中和台灣這塊土地的連結。

海稻米

東部海景第一排
依山傍海
太平洋的風徐徐吹拂
稻浪搖曳

待結成穗
永續豐收

　　這幅畫是山海之間的台灣美景，在石梯坪附近的海稻米，友人協助栽種和販售的稻田。有此一說，海稻米是長在花蓮石梯坪海邊的水梯田中，富含鹽分，所以米特別香Q好吃。根據友人的說法，因水梯田為水田濕地與森林生態的交匯點，帶狀的生態圈中影響無數的生物與環境，對於水土保持、水資源、部落文化等都有重要價值。不過近來因人口外移，田地面積逐漸減少，地方上也興起了復興運動，插秧的季節就有來自四面八方的同好一起下田。

　　每回路過台十一線，在東部海域旁看到這一片稻浪，真是每看一次都要珍惜。

五月飄雪

　　這是真實存在的風景，我僅略改動房屋的造形，那座桐花點點的山，陰晦不明的天空和湍湍不止的溪流，就是大自然裡的山水畫。

　　那天是我第一次爬北拉德曼山，陰雨天爬山特別難忘，中級山非常有趣，說不上難，是地形自然。雨天土壤泥濘，有幾處踩下去像是人體插秧，樹根多且複雜，必須手腳並用地「爬」。山脊裸露地形稍險，得小心通過一處又一處的關卡，體力的付出換得飽覽山林之美，很值得！爬完一趟通體舒暢，下山最重要的就是找吃的地方，這也是登山者對自己的犒賞。

　　來到油羅溪畔的客家村聚落，這裡的餐廳通常好吃，是登山者的愛。白斬雞、桂筍、客家小炒，餐廳對面就是北角的山脈，五月飄雪時分，十分浪漫。

　　接近大自然，描繪季節之美，見畫如景，或許也能引發你的共鳴。

當天空暗下來之前

當天空暗下來以前
有微光的生活輪廓

人說黑白本是二分
別忘了灰階的存在

盎然如墨的夜空下
山和樹的倒影深處
仍有一絲絲的明白

這本是一張被放棄，塗掉已不存在的畫，只留下影像檔。反覆看來好像也不錯，但塗掉就塗掉了，也沒有什麼好可惜的，人的喜好視點通常在一念之間，當下做好的事覺得不盡滿意，隔一段時間回望覺得還不錯，還是可以肯定自己。這張畫是隔一段時間重新再畫的，想表達黑暗來臨時那萬物俱黑下，適應眼光的焦距後，你所看到的景色其實是有層次的。

我記得在直島南寺中有個著名的作品是 James Turrell 的《Backside of the Moon》，這作品歷久不衰，是經典之作。

　　人在生活中總會遇到種種挫折困難，眼前一片黑暗不知道方向，James Turrell 利用南寺的空間讓觀者緩步進入一個伸手不見五指的作品中，如果不是依靠指令用手觸摸牆面依稀知道方向，就像是置身於太空中，步伐是虛空且不確定的，如同進入了黑暗期。

　　「光一直都在，只是你願不願意等待。」黑暗會令我們處處抱怨困難，不願靜下來好好等待，那黑暗便會一直籠罩著生活。

　　我們坐下來好好等待，一段時間後漸漸地會看到光，我們趨近光的所在，感觀被打開後，「光一直都在啊！而且它很亮。」這個作品哲學性極強，用最簡單的道理敲打人心。善於等待的人，總是比較能看到光明。

　　登山的意義如是。

雪東行

自然界的色彩是綺麗的
有榮有枯四季輪轉

針闊葉混合林和針葉林的地帶
偶見檜木的神奇
等待未開的山杜鵑
橙黃高山芒與箭竹
二葉三葉松與赤楊

再也說不出是什麼色彩了
幻霧中交織著或藍或綠
拾級而上皆有路徑
高山氣爽毋須背著煩惱
萬事萬物皆有天意

風景有人

風景有人並非人在風景
通往風景的道路須越過門檻
那是心念和行動的分野

一筆一筆畫成話語
分享這些理所當然

雙雙

這是不存在的景色
一個人很好
有人一起看向同一個方向更美好

無人知曉的海邊

他們只是擦身而過
不需要認識或交談
各自咀嚼生命中的有情與無情
你有你的沉重
我有我的負擔
將苦惱打包投向大海
它的容量叫做「海量」
包容了世間一切

看海是自我洗滌和重生
朋友說看海是她生活中的救贖
「我活過來了」
就在無人知曉的海邊

海景第一排

座標東海岸，駛入一條通往海洋的小徑。先是雜木林道，下車散步，越走越明朗。天際線展開，是海天一色的景致。

馬鞍藤蔓生覆蓋的海灘，紫色小花招手歡迎，路越走越寬闊。沙灘旁，雜木、林投樹、木麻黃、海桐花，植物色彩爛漫，生機盎然。

兩隻小黑狗正在乘涼，看到有人走來，不怕生也不疾不徐地走上海灘，彷彿擁有了東海岸的第一排。我和富有的狗兒們一起欣賞這片海。

安農溪畔

安農溪畔的落羽松轉紅是最美的時候。陽光正好的平日，我來到這裡。

安農溪原名電火溪，因提供了豐富的水資源，安定農民的生活而改名為「安農溪」，也被譽為是三星鄉的「生命之河」。

落羽松真美，似可比擬為京都的櫻花祭。暖洋洋躺在溪畔的草地上，所謂美好的田園風光大概就是這個模樣。

太平洋的風

太平洋的風沒有國界。

墾丁龍蟠大草原面向浩瀚的太平洋，珊瑚礁岩層與石灰岩崩崖地形交錯，廣闊的草原景色讓我來一次就愛上了！

地廣人稀，兼具草原與山海，又帶點軍事祕密基地的神祕色彩。喜歡散步的人還可以爬上旭海大草原，探索原始樹林的白榕園，或是異世界般的九棚大沙漠。南台灣有著非常多元的自然景色。

而當太平洋的風強烈吹拂，尤其是東北季風下的墾丁，三百六十度沒有屏障，好像自然生成了一種「狂烈的愛」，展現島國南方的魅力。

九份聚寶盆

午夜從基隆潮境公園，遠眺九份的點點燈光，如聚寶盆般閃亮無比。真的是山巔上的黃金之城，名不虛傳。

我第一次來潮境公園是白天。

友人說：「我每次一有煩惱，來這裡吹吹風就好了。」

這裡的白天和晚上有著截然不同的景致。漁船已回航，海面平靜，濱海公路偶爾有車子呼嘯而過，就眼前這片像聚寶盆般的山景特別迷人。

夜訪九份，有別於日間的熙攘人潮。在山城裡迷走，路上可見的是不太理人的貓。貓的小國度，是夜間限定。

不怕黑且膽子夠大的人，可以走金瓜石的黃金博路線，從古老宿舍群環著博物館的礦車步道走到祈堂路，隨風飄忽的樹影和陰森無人的廢棄老屋，走上一大圈上上下下的石階小徑，除了貓真的少有人影。

老屋老城是昔日的繁華之地，歲月更迭脫去黃金之都，如今處處藏有好喝的咖啡及頗具特色的料理小店。純樸小山城裡，當然還有一群以此為家的貓。

阿朗壹的海洋

爬高山要面對的是「怕冷」
夏日的阿朗壹要克服的是
「酷熱」

我們踩在鵝卵石床上前進
我們踩在長礫沙灘上前進
我們躲在軍艦岩下消暑氣
我們小心翼翼地踏浪沖涼

我們登高山繞行喘吁吁
我們唱歌喝咖啡大休息
我們看太平洋海龜魚群
（偶爾也有老鷹）

海水正藍
天空清朗

陽光不太客氣地發揮熱力

在終點喝上一杯原住民熬
製的苦味青草茶
體驗斯卡羅族祖先的艱辛

這是台灣唯一一條海岸線
古道，連結屏東縣牡丹鄉旭海
村與台東縣達仁鄉南田村兩
端。在合適進入的季節一天開
放三百個名額申請，必須有特
定的導遊陪同，保護行者的安
全。啟程由「墾漂」導遊阿繽
先請大家堆七顆石頭，向天地
祈禱一路平安，攝氏近三十度
下挑戰八‧四公里的路程。易
走且風景壯麗、娛樂性高的古
道，唯一需要注意的是炎熱中
暑的風險，須持續攝取水分和
鹽分。

漁光點點前

漁火點點
半月沉江

和煦的夕陽
森林的小島

海浪緩緩拍打
木麻黃下的鳥
是季節的過客

離開熙攘的古城
彷彿是境外之島
遺世獨立的靜謐

南台灣
漁光島

金剛大道

潮濕的那一天
走上金剛大道
筆直無盡延伸
綿延至太平洋

看見寬闊天際
無人無車無狗

寧靜的只有呼吸聲
和金剛山下的梯田
詩意的所在無藏垢
抹去心中的小污漬
在啟程的此時此刻

神隱之地

　　位於日本仙台與福島之間的白石市，有一間六百年歷史的湯屋「湯主一條」，神祕地隱藏在山林之間。相傳六百年前，一位來此尋找水源的農夫，用手中的鐮刀劈開木根及岩石時突然冒出白煙，熱水湧出，取鐮為名，故成流傳至今的「鐮先溫泉」。

　　乘慢車至車站，換小巴後再換小轎車，接著徒步。一路上那冬季瑟瑟的寒風，與荒野中矗立的松，是特別令人印象深刻的畫面。

　　到「湯主一條」的道路僅有一台車的寬度，同一四二八年開湯的「鐮先溫泉」，古老的溫泉木構建築就像宮崎駿電影《神隱少女》裡的湯屋。華燈初上是泡湯的開始，旅客魚貫進入湯屋洗卻寒氣，藥性溫泉使人舒暢，更有療養創傷的神奇傳說。

　　泡完湯後，旅客個個帶著紅通通的笑意，拿著木製號碼牌等候，再由女將引領進入和式獨立包廂。湯屋的食堂開張，她們身段優雅，端茶侍餐穿梭迴廊，那日餐食的美味媲美米其林。

　　如果早一點抵達，湯屋的後山是登山者的祕境，可惜我當時沒有登山經驗，走了一小段便體力不支，留待有緣再訪。

瞬間的金黃

開著車路過那裡
忽然看見美好風景
像《秒速五公分》電影般擦肩而過

但畫面印在腦海中，不會忘記

我喜歡這片黃澄澄的油菜花田

黃色是幸福
黃色是謝謝

「不管世界怎麼改變，人是美麗的，人心是善良的，我們要表達
的不是抱怨，而是感謝……」

　　這一大片金黃
　　是豐收的美麗
　　是滿滿的謝意

烈焰北海岸

黑暗中也能看得到微光
烈日陽光下也會有陰影

比起陰天的不定
更愛晴天的清朗

與其曖昧
更愛分明

微光是希望
陰影是庇蔭

時時保持心念的恆定

芹壁春景

　　北竿更像傳說中的「蓬萊仙島」，獨特的石頭屋聚落，由花崗岩建成，從沙灘往上延伸，高高低低錯落在山坡上。背山面海，風景秀麗，人們說這裡像地中海。

　　春天的馬祖仍有強烈的季風，四月的風雲雨霧也是特色，偶爾的天晴是禮讚，遊人如織地穿梭在迷宮般的石板山徑，喀擦喀擦地互相拍照留影。

　　畫中無人，只留山綠與山屋和一隻悠哉的貓，牠正從左側的陰影處要走到屋後打盹。有貓的聚落皆能療癒，芹壁正是這樣的所在。

　　昔日的戰地，今日的觀光勝地，脫去緊張的對峙，人間物換星移，海浪拍打礁石，南國薊花開放粉撲般的可愛花團，龜島靜臥在碧波之間，在潮汐之間消長。

喜歡綠意

　　蔓生的藤蔓生機無限，白牆和藍色木製窗櫺是時代的軌跡。不斷生長的植物依附著靜置的建築，這裡是南投魚池鄉日月老茶廠的一隅。

　　綠意不斷增生，只要有陽光、空氣和水，它自然就會展現一片生機。

　　我慶幸擁有充滿綠意的童年，在記憶裡存著野氣，我的旅行之路總是充滿了盎然生氣。

初夏的福岡

滿眼新綠
翠綠、碧綠、蒼綠、墨綠、松綠、褐綠

一塵不染
清新可以

五月的風
迎耳吹拂

細細的
軟軟的

化身森林裡的紅色蘑菇
靜靜地待在裡面

落羽松森林

　　三灣有一處落羽松祕境，當葉子轉紅的季節，人工植栽排列有序的森林就是這個模樣。這張圖繪於聖誕節前夕，聖誕紅與聖誕綠，以及那位「沒有你的聖誕節」惆悵思念的人。

　　一九八八年黃韻玲的《沒有你的聖誕節》唱出少男少女思念的孤單，當時十九歲的我，經常用隨身聽不斷回放這首歌曲，對那不確定的戀愛充滿了疑惑。他的離去沒有留下隻字片語，我總等不到信件，也沒有聯絡方式，所有關於思念的歌曲都是我生活中的主題曲。

　　沒有你的聖誕節，信箱也沒有你的卡片
　　紅色的大外套裡，我在偷偷地想你
　　十二月的天空，有一點像你的微笑
　　輕輕地飄，還有一些冰冷
　　十二月的心情，雖然也寂寞空虛
　　無論如何，日子還要繼續

　　思念的盡頭還是美好結局，後來我從他寄給家人的平安信中得到地址，化被動為主動，表白不必怯懦。分離後的第一次見面，我迎向他走去，他默默地牽起我的手，兩人相視而笑、並肩而行，直到今日仍是如此。我的風景裡有人，那位在遠處拍攝我的夫君。

車站上的花園

這不是某個山頂，而是日本九州博多車站的空中花園「燕林森林廣場」。繪者的本事就是把多餘的景色去蕪存菁，只對嫣然綻放的花園感興趣。

在九州來往人潮最多的地方蓋一座 JR 城堡，除了交通疏運的重責大任，在城市裡建立一座綠洲，可俯瞰遠方的山脈和市景，這是以四季作為設計的出發點。這座空中花園像森林，綠草紅花相映成趣，帶給城市裡的旅客更多休憩的空間。

夫君很愛搭火車，各種火車幾乎都搭過。JR 西日本、JR 九州財力豐厚，有很多豪華列車，一台比一台華麗，是火車迷的天堂。他的興趣是待在月台拍火車，我的興趣則是看植物。一個在地下樓層，一個在最高樓層，各自自在。

俯瞰基隆港

我來太平國小俯瞰基隆港，想起當年老闆告訴我「大船入港」的道理：心胸開闊，往遠處看。

小時候他住在海港邊的山上，常在傍晚鳥瞰整座海港。有一天，他發現港外停了一艘大貨船，卻不進港。過了一天，貨船還在，他正納悶，後來才發現是因為港口停滿了小漁船，空間被占據，大貨船靠不了岸。

如果一座港口僅有小船停靠，每天光是處理同樣的瑣事就沒時間了，也無心去思考港口是否還有空間能容納更大、更有經濟利益的契機。所以不能靠港的大貨船，原可帶動巨大的經濟利益就產生不了作用。

回到現實，如果以原來的做事方法已經沒有效果，何不停下來想想新的做法？揮別不好的，才有機會做對的事。不管在職場、生活甚至感情，都是同樣的道理。

三重空軍一村

我的工作室在三重空軍一村附近，常路過正義南路，知道這裡有個眷村，始終覺得它是一個神祕的所在。

前幾年，我有個工作案剛好就是重新設計這裡的ＣＩ，市府準備開放眷村創生，人們才得以隨著管理人逐一打開那鎖上的房門，進入小聚落裡的生活場景。

就如一般的眷村型民房，走進去卻別有洞天。當時的軍人僅能分配到有限的空間，想盡辦法要創造更多空間，於是形成了像是《魷魚遊戲》般的迷宮動線。用木梯才能登上的閣樓，這戶到那戶明明在隔壁、卻要繞過一個平台才能抵達，屋裡有串聯三層樓的迴旋梯，這個房間到另一個房間要通過一道懸空的鐵梯，很宅小的長屋裡有中庭。這戶有些地中海色彩、那戶是典型的藍綠窗櫺配復古的鐵製扶手。沒有一間屋子裡的格局是固定的，各自有各自時代下因需求而展現的生存力。

　　空無人住的聚落裡有貓，貓咪各自在不同的角落穿梭或打盹，以此為家，畫面安逸。

　　有家，回家；
　　在家，是好。

　　你的家，我的家，都是好。

　　人們離開之前，我在這裡；
　　人們離開之後，我在這裡。

　　我返回工作室就繪了這幾張空間圖，這些家原來有主人，未來也有創生的年輕人。

陽明山屋

收到來自奈奈小姐的邀請
在市區華燈初上之際
陽明山頂的夜趴踢正要展開

夜色從漸層鷄尾酒色轉暗
星星出來了
月亮出來了
動物在地底廊道的運動中心happy
陽明山蛙十六聲EP出道

地球不斷地運轉
日落後的夜世界
是暗空國家公園
寂靜中微小喧鬧

曾經的陽明山屋

林田山有人居住

森林茂密的山裡有人居住
昔日伐木場是今日的祕境

光陰荏苒百年風華
山城凋零無人聞問

鐵道，森林，小木屋
紅檜，扁柏，苦楝樹
米店，市場，醫務室

炊煙裊裊
洗衣曬衣
百年如一日

保存時光的軌跡
林田山有人居住

夏日的港口村

因為藝術祭的原因，我才得以造訪這個可愛的港口村。海岸村總有輕快的訊息，扶桑花開得嬌紅豔麗，那是夏日的歡迎。

Makotaay（港口部落）是花蓮縣最古老的阿美族部落之一。我們信步走到海邊大港口的八角亭，這條路上美如映畫，芭蕉搖曳、垂榕扶疏，亦有與人同高的扶桑花微笑，樹梢彎成綠色隧道。豔日之下，我們踩著輕快的恰恰舞曲前行。

正有人整理捕上岸的魚，問：「這是哪裡的魚？」住民往後一指，原來我們正在秀姑巒溪的出海口，秀姑巒也是阿美族語「在河口」之意。出海口溪流中央的淺灘處有人在捕魚，以前港口部落的居民合力阻止了秀姑巒溪口水泥化的危機，得以保存生態的存續。

　　海口居民，世世代代種田打魚，不遠處也有海稻米。

　　「Cepo'者播藝術中心」是日治時代的派出所，如今是藝術的孵化室。站在舊與新的交界處，白牆藍頂鐵皮屋，大榕樹下有故事，昔人採土拍打捏塑，製陶壺、飯鍋與祭器，是生活的道具，也是文化聚落形成的原型。

回到彰化

我是彰化人，小時候住在員林。過去是小城大鎮，後來升格城市，但好像很少員林人說自己是彰化人。員林人似乎生活上很帥氣或率性，自小便沾染這種氣息，小酌就像請客宴，花大錢也愛存錢，甚怕虧待自己和別人。

進彰化市很像到另一個城市旅行。

彰化有什麼？我們吃過溝仔肉圓王當點心，北門口炸的酥皮肉圓也是愛，到了傍晚就去阿泉吃爌肉飯，飯香油脂光亮，豬肉燉得軟糯，我每次吃都覺得幸福。

打開近年的彰化相簿，我到二水買醬油，新和春的醬油和蔭冬瓜是風土的滋味；去田尾買植物，雨林植物熱賣的時期，這裡的價格公道透明；去員林喝咖啡，右舍的綠植建築是打卡聖地，當然別忘了吃謝記米糕；去社頭看夕陽，月眉池劉氏古厝也是母親的出身地……

老城舊事，是好幾代人的生活軌跡。

最後的櫻花

　　二〇二三年我終於一圓到京都看櫻花的夢想。每年很難預測花開的時間，當時的櫻花期提前了幾天，許多市區的賞櫻地點已經花落。我們選擇去看京阪石清水八幡宮站以北，跨過御幸橋，在木津川和宇治川合流的背割堤上的櫻花樹。這裡的堤防上種植了綿延一‧四公里的染井吉野櫻，遠看就像一條粉紅色的長龍，賞櫻的人也是一條看不見盡頭的人龍。

　　櫻花是京都最燦爛的容顏。櫻花象徵著物哀美學。日本俗諺「花は桜木、人は武士」，意思是「花中第一為櫻花、人中第一為武士」。生命的燦爛，最美就在最後極致的綻放。聽起來或許悲傷，但詩歌的吟詠正是讚嘆生命中的高光與哀愁。

　　京都最後的櫻花在仁和寺，來自「京都最後花見（開）」之稱的仁和寺御室櫻，這個品種的櫻花低矮可親，給人一種像是在低頭請安的視覺印象，而有「多福櫻」（お多福桜）的別稱。能到此一睹勝景，我真心覺得「值回票價」。為何這麼說呢？因為三月底才決定此行的我，可是花了商務艙的票價求到一席經濟艙。

　　櫻花滿開，但也終會迎來櫻吹雪的時刻，是花與季節的相辭。眼前的燦爛是有限的時光，在繁花落盡之前，要盡情享受花開時帶給我們那豐沛的悸動。

緩慢是風景的名字

為了旅行而準備、觀察、行動
無論是逍遙地看風景

或是攀登高峰
都是觀看緩慢時光的方式

從生活中挪出一段時光
純粹享受旅行的奧妙

C 家
A 之
K 味
E

　　我認識Cake已經十六年了，住過好幾間她經營的日本旅宿，這是第一間充滿Cake意志的居旅小屋。

　　「我就是想蓋一間自己會想住的小木屋！所以找了日本專門建造木屋的BESS。即使只是一間小屋，位處四季分明的北海道，基本的堅固耐久很重要。屋裡的每塊踏墊，小至一雙隔熱手套、餐具、廚房用具，大至電器、家具都是我親自挑選、收貨，自己拆放在合適的位置上。」

　　她一直說：「這很素人啦……」

　　在北海道的美瑛，我們喜歡這種微微漾起幸福的家之味。旅程永遠不是句點，它為生活添了幾匙醍醐味，像是生活的BGM。

　　是日晨起，小木屋裡播放著朗朗的巴哈鋼琴演奏，我吃著當日買的北瑛小麥之丘的麵包，Balmuda烤箱一邊烤著可頌。友人之一是咖啡師，沖咖啡也很合理，set up好早餐後再叫醒大家，每個人起床都在微笑，可能是芬多精的作用，也有愛的成分。

　　屋內原木是香的，樺木、雜木、田園、野花草田，在自家的小森林採花、插花，為自己做一頓飯，鑽出小森林，是一望無際的美瑛拼布地圖。

　　我們住在圖畫裡
　　喝咖啡，聽音樂，滑手機，睡午覺
　　四下無人，只有風聲
　　驟雨洗亮了綠意

薰衣草色的天空

美瑛清晨四點多
等待日出的天空
那日是薰衣草色
起床在門前聽聽花草風動的聲音

心中執著的事
想想也不算什麼

太陽依舊從東方昇起
被大自然的寬闊擁抱著

每一段假期都會結束
過一段別於日常的生活
讓慢板音樂沁入心扉

十勝連峰下

大自然對我而言是一本無形的書

天空的世界有宇宙的探索
山岳更是具有無窮的能量
土地上的植物令人想親近

向大自然學習
我們站在哪裡
哪裡都有回應

　　美瑛往旭川的路上，總有出人意外的美景，也許不是打卡景點，但真像是月曆圖片。偶見這一片寬闊的台地，便停車前往這一片草原。這丘陵地中少見、環著十勝連峰下的草地，有夏季的野花奔放，粉紫色、粉黃色襲風而來，中年的我也陷入青春的浪漫。對我而言，最美好的事物總不是發生在城市中，宇宙之下有天與地的自然能量，我能接收到，真好。

越過百年

在無屏障的美瑛田園中
四季更迭
風來雨來大雪覆蓋
依舊保持高大筆直夏日常綠
Ken & Mery 之樹
今年一百歲了

種植白楊樹的第三代在旁邊立了一個小牌子，寫道：
「一九二三年由祖父種下，祖父去世後由我們繼承。從那時起，它就歸我們所有。樹老了，如今白楊的生命也近終點，請不要傷害這棵樹和周圍的田地。」

沒想到這幅當初只是單純記錄旅行的畫作，多了一層溫情的意義。

讓我備感榮幸的是，因為這幅作品，回應了一段真摯的友誼。雖然她們無緣再一起走過那些樹，那麼，就用這幅畫寄予百年。

人是渺小的存在

　　這裡也是祕境之一，地標是旭川的「就実の丘」，遠處是雪山山脈和十勝連峰，從高處可飽覽美瑛的街景和寬闊的草原。

　　美瑛地區多山丘，但這段路像是筆直地立在眼前，人們稱之為「通天之路」。如果騎腳踏車或駕車前行，會像搭雲霄飛車般很刺激。夏季的樹木常綠盈盈，秋冬是蕭瑟的大地色，把人當作比例尺置身其中，可對比出渺小的感覺和天寬地闊。

北方之香

吃到好吃的麵包真想起立鼓掌

北國的夏季有無垠的金色麥浪
是製作麵包的原料小麥界明星

景致是這樣的
一邊是成熟低垂的麥穗田
一邊是收割後的麥秸稈卷
農人操作現代化的農具機
是真正的「收穫」！

一切的一切是拼布地圖中的生動畫面

農人的日常是旅人的風景
麵包入口時特別感到美味

飽滿的麥穗總是低垂
大自然也教我們成熟

美瑛的祕密

經常往返北海道的友人 Cake 告訴我們這裡是美瑛的制高點，是少數人知道的祕境，距離美瑛車站約一個小時車程。

Google 地標也是有的，評論是個位數，可見這是當地人喜歡的路徑，並非傳統的拼布路線。友人提醒說：「你不要把我的 GPS 路徑外傳喔！」（果然是不想讓它變成觀光景點。）

其實它是有地標的，名為「三心之木」，看地形位於拼布地圖的右下緣，丘陵地勢較高且蜿蜒，可以飽覽更多層次的美瑛町拼布地圖。

美瑛似乎也是練習野跑的絕佳地點。不但空氣好、路況有多種變化且安全，下次我要帶一雙野跑鞋來度假。

緩慢的句點

心跳了一下是因為美景
是晨是暮不同的光彩

一八〇度超廣角視野
能看多遠就有多遠

緩慢是風景的名字
亦是從日常中偷出來的節奏

每段非日常都有句點
也是下一段旅程的待續

我和美瑛的緣分很深。

　　二○○七年友人投資美瑛的民宿，我找了兩個朋友協助佈置，在此度過一段忙碌但愜意的時光。這個觀景點就是緩慢民宿的無敵景色，一年四季皆美。夏日的小麥田綿延無盡，遠處是十勝連峰，晨起觀看日出，傍晚欣賞落日，也可以無所事事地度過一整天。

　　緩慢是這趟旅程的句點，通常還會有下一章。

室堂山莊

　　五月的立山，一半是雪一半是綠。這是我第二次來到室堂，在這雪地裡繞上一大圈，由「みくりが池溫泉」方向返回。

　　室堂的「室」意指住宿和停泊，「堂」有著宗教的意謂，廣闊的三千公尺高山環繞，室堂是立山信仰的中心。

　　雖說已臨夏季，山頭仍白雪皚皚，前往山屋需要虔誠和腳力。這個季節來到這裡的人們多是衝著黑部立山開山奇景，那如刀斧切下的巨大雪牆斷面，甚為壯觀。一年就四月中至五月底的殘雪最好看，天氣剛好不冷不熱，但登高走著走著也會大汗淋漓。

　　室堂這裡的風景有著夏季和冬季並融的特色，人在風景中顯得渺小，眼前望去就是一幅畫！人物在畫中是風景，顯出大自然的寬廣。

夏之雪

室堂往「みくりが池温泉」方向會經過這一處冰原。

立山群峰的夏季殘雪，冰原上屏立著色彩分明的北阿爾卑斯山脈，視覺近在咫尺。場景有點像是電影《情書》中的畫面。

「お元気ですか，私は元気です！」（你好嗎？我很好！）
對著山呼喊。

那是岩井俊二為北海道寫的一封情書，深刻地記在許多人的心田。小樽也因此爆紅，一年四季旅客絡繹不絕。

　　場景回到北阿爾卑斯山脈，這個地點不需費心登山，搭乘交通工具可達，只需花上一點點腳力，便可飽覽魔幻的景色。被壯麗的山色雪貌擁抱，比人工開鑿出來的雪牆還值得欣賞。數年前我第一次來室堂，因為住在彌陀原，我們只好徒步，還跨過管制線，一路順著公路往下走。北阿爾卑斯山脈一路相隨，地廣人稀、風景壯闊，植物也跟著海拔有所變化。有機會來這裡旅遊的話，推薦嘗試走走看。

　　在北阿爾卑斯山脈環繞的飯店裡的晨光中醒來，景色很仙氣！明明是夏日，霧氣中的殘雪像是天然透心涼的剉冰。

登高自卑，行遠自邇

能夠飽覽整片上高地連峰，是蝶岳獨有的景色。由低而高、由近及遠，一口氣需爬升一千公尺，穿越中高海拔的森林抵達蝶岳峰頂，四小時的陡上真的不是開玩笑的吃力。

除了我們這支小隊，相較去登涸澤的人，來蝶岳的人算很少。也許是距離短、陡上的壓力大，亦或是上高地登山有太多選擇，蝶岳就沒那麼熱門。

我登山常常都是腦袋放空的狀態，光是應付喘息就來不及了（笑）。因為我走得慢，後來詹偉雄大哥顧慮到大家的速度感，最後幾段都由我來做小領隊。

　　原來當領隊要學習的很多啊！要及時判斷分岔點左右的選擇，我常選成高繞的方向，真是不好意思。松針落葉、樹根、泥土的狀況都是觀察點，每次我選錯，後方的詹偉雄大哥和取中早一馬當先走對的那邊趕過去（糗），這都是寶貴的經驗。

　　登高是人的本能，《中庸》裡面的一句「登高必自卑，行遠必自邇」，就在提醒人們不要操之過急。台灣諺語的「一步一腳印」，聖賢老子亦說「千里之行，始於足下」，都是同樣的意思。

　　而走過困難的路程後，人生豁然開朗大概就是這樣的感覺吧！

*遠處連峰由左至右：明神岳、前穗高岳、奧穗高岳、涸沢岳、北穗高岳、南岳、中岳、大喰岳、槍岳

槍岳的日出

這畫面是登山者的幸福，知道彼時擁抱的是什麼。

登槍岳是無數登山人的夢想，它對高手來說不難，詹偉雄大哥在登山前就說這是阿公阿嬤的難度啦！（算是安定精神的鼓勵。）

我們一路上遇到登山的人真的多是長者，他們從容不迫的樣子，令人敬佩。但以登山新手來說，一天要走八個小時，爬升一千三百公尺，體力消耗得很快，需要補充很多能量（Amino胺基酸能量飲是必須）。

我們從橫尾出發，從針葉林間帶一路往上，一開始是緩坡，最後的重點是連續陡上一千公尺。翻山越嶺，踩在夏季高山野花怒放的低矮「之」字山路上，畫面浪漫，實則是太陽曝曬，很耗體力。最後的裸露岩石陡坡才是重點，所有的意志力皆於此段發揮最大作用。這一段路程變化多端，朝聖名岳的終點有尊隱身在岩石中的地藏王，祈願一路平安。

登山是這樣，看起來很難很累很厭，氧氣越來越稀薄，腳步也益發沉重，當抵達槍岳山莊的那一刻，所有的疲累便煙消雲散了！說也奇妙，人一旦有了目標，付出體力是必要的過程，抵達終點就像是對自己設下的里程碑。

　　登槍岳峰頂又是另一個考驗，槍岳的日文原來是茅，表面是裸露的岩石，形狀是既尖又細的山峰。現場如攀岩運動，跟著前者的確認點，雙手雙腳核心並用，攀爬岩體、鐵梯登頂，當然其無屏障的環狀山景如唯我獨尊的榮耀感，這感受也是頂峰的。

　　很有成就感喔！從此只要跟人說「我是登過槍岳的人」，去過或沒去過的登山同好都會覺得很厲害、很棒！槍岳像是登山者的一個獎勵勳章。

　　日出是隔天清晨五點。露營的人或住在山屋的人都會早起，來山岳就是要看日出啊！人生的志願也可以這麼單純，駐足山頂，看著雲海變化萬千直到旭日出現。

珍奇的上高地植物

　　北阿爾卑斯山脈因緯道和海拔，可以看見稀有植物，對於身處亞熱帶的我來說根本是大祕寶。雖然登山行進不能間斷，避免拖長隊伍，拜相機的定位所賜，可以快速拍照並記錄它們的位置，事後再透過搜索，逐一找出這些珍奇植物的學名（如果有誤請多包涵，已善盡搜索的確認）。

　　畫成標本狀是一種致敬。我喜歡的金屬雕塑家モリソン小林先生，他透過一次又一次攀登北阿爾卑斯山，記錄植物並用金屬還原所見的植物，以「標本」的形態創作。

　　他在展訊寫下：
　　「過去的一百年裡，許多物種已經從北阿爾卑斯山消失。主要原因是登山者踩踏、盜採、鹿的破壞等等。展覽展示了環境部指定的瀕危物種，其他三十八個物種很可能在未來一百年內瀕危滅絕。」

　　這次時間很短，就山道上的當季植物，畫下屬於我的旅行標本。

骨架花／山荷葉

學名：Diphylleia grayi

日文：サンカヨウ

世界最神奇的十種植物之一
葉形如展翅翩翩的蝶翼
夏天在葉片中芯部位結如藍莓般的小果
會開白色小花
遇雨水變透明
神奇的透明骨架花
這在上高地的路上隨處可見
超級可愛

一四九〇億個鹼基對——衣笠草

學名：Paris japonica

日文：キヌガサソウ

世界上最長的基因組擔當
維基百科上編輯的資料寫道：
「若將其細胞中的DNA逐一展開排列，長度
將會超過九十米，高過英國大笨鐘。」
也因基因特殊不容易培育
能見到真的非常感恩
奇幻又美麗

車百合／帶輪子的百合
學名：Lilium medeoloides
日文：クルマユリ

它的花瓣是捲起來的
輪狀葉子多為單數
在蝶岳下山時看到在草叢之中
小巧的花朵隨風搖曳
展露出開朗的模樣
因為下方輪狀葉片有點像車輪
而有了這個可愛的名字
這次的邂逅不過數秒
花形的特殊性深印腦海

魔性的植物——延齡草
學名：Trillium tschonoskii
日文：シロバナエンレイソウ

三瓣的葉子比成人的臉大吧
花朵直落落地在葉輪中央立起
是沒有花瓣的花朵
看似花瓣其實是花萼
查其名稱典故
因乾燥可入藥，對腸胃有益
故稱「延齡草」
據說紫色的花較少見
多數是白色的花朵

紅葉唐松

學名：Trautvetteria caroliniensis

日文：モミジカラマツ

像是在楓葉上長出來的小花團
花形如松葉般展開而得名
蓬鬆得像是棉花球
在高山蔭處綻放
經演化後也是日本特有種
沒有花瓣，花萼早脫落
看起來像花的部分都是雄蕊
所以算是柔美的男花

山螢袋／紫斑風鈴草

學名：Campanula punctata

日文：ヤマホタルブクロ

如兒童捕螢戲玩的吊鐘小袋
風鈴迎風搖曳的聲音可解除災厄
日本登山者多掛「熊鈴」
實用如警示動物勿近
亦有趨吉避凶的意涵
山路上的紫斑風鈴草迎風搖曳
是一串串的吉祥物

日本草牡丹

學名：Clematis stans

日文：クサボタン

日本特有物種
僅在日本自然生長
分佈於北海道西北部和本州各地
淺紫色鐘型小花像低著頭的樣子
花語為「感謝」
未完全開花前，花萼向外捲起來
甚是可愛（沒有花瓣）

冰河時期的植物──深山金梅

學名：Potentilla matsumurae

日文：ミヤマキンバイ

在槍岳往大槍的岩原裸露的稜線上
雖說走得有點害怕
但有好多可愛的小黃花
還是掏出手機拍下（抖）
它們就是深山金梅
喜歡生長在西向及南向的裸露岩原或岩屑地上
一邊用五爪功翻爬岩石的過程中
亦可一邊欣賞專門長在險峻岩上的可愛黃花
親戚有數十種，大家都很像
各冠上不同的名稱
感覺有點像伏地而生的草莓

裏白七竈

學名：Sorbus matsumurana
日文：ウラジロナナカマド

上涸澤的最後一小段階梯
路邊仍覆雪
一大片裏白七竈綠盈盈
七月盛開叢叢像是綉球的花
白雪襯托下甚是迷人（拿出手機拍照）
裏白七竈是日本特有種的高山植物
竈，音同造
名字很特別，是薔薇科
秋天葉子轉紅會結紅果，像聖誕樹

高山耬斗菜

學名：Aquilegia flabellata var. pumila
日文：ミヤマオダマキ

爬上三千米高度的槍岳山莊終點
最後一步路停了下來（再度掏出手機拍照）
呈現「歡迎」姿勢的路邊小花們列隊
是有著鷹爪尾巴花瓣的高山耬斗菜
葉子很像幸運草
能平安地上山下山，都是幸運
它向陽，花瓣朝向東方
清晨五點朝起又去看它們
小花向東很開心的樣子
回望著下方的「殺生小屋」
原產於阿爾卑斯山脈
正在阿爾卑斯白朗峰爬山的友人
是否也見到？

直島宇宙

有這麼一個所在
它是遺世獨立的藝術之島

短暫的停留
如入桃花源
原來真實得像不真實

在春天的時候
可以見到安藤忠雄的「櫻之迷宮」

去年的瀨戶內海藝術季尾聲
永存於心

那大疫過後的無限自由
藝術有形，景色無形

最後站在杉本博司的作品前
登上階梯看夕照

二〇二二年，我在得知國境即將解封下做的最好決定，就是前往「瀨戶內海藝術季」。

Benesse House 還有零星的房間，我們住美術館和沙灘兩處，因旅客相對少，有種當島老大的闊氣感。Benesse House 不算是頂級飯店，但心靈層次是頂級的，與世界著名藝術家的作品處在同一空間，這是多奢華的體驗啊。

二〇〇六年我也住過美術館，但那時對藝術陌生，還不知道 Benesse House。Museum 那清水模縫隙中長出的野草是須田悅弘的木雕作品。這次我先閱讀了《直島誕生》，了解秋元雄史記錄了直島從荒涼小島到藝術聖地的三十年全紀錄。希望所有要來拜訪此地的人都應先看書，才不會像我一樣錯把藝術品當野草。

直島夕色地景

　　我很難形容在 Naoshima Dam Park（直島ダム公園）看到這樣的景色的心情，心中浮現的竟是「夕鶴」這兩個字啊！

　　粉色、粉橘，如夕色的地景像仙境，這裡是安藤忠雄的「櫻之迷宮」對面。秋天的季節，櫻花樹是枯的，遊客不太會來這裡。Benesse House 有免費的 shuttle bus，我們毋須擔心交通，有更多時間拜訪各處的作品。傳說直島是倍樂生王國，一點也沒錯，這企業在整個瀨戶內島諸島投資文化藝術，不靠政府養，幾十年的努力是建設而不是覆蓋，打開許多場域，且不破壞自然景觀。

　　旅遊書上沒有記錄的 Naoshima Dam Park 在秋季竟是如此夢幻般的風景，真是大祕寶！

　　我用螢光橘色來繪製這幅畫，真實的場景色彩就是如此戲劇性！濕地上的植物不知品種，山上的樹葉還沒轉紅，草原是一片秋色，加上像是一直停在那裡擺拍的海鳥（看起來像鶴），是秋天的直島給我的美麗回憶。

YELLOW

這是豐島。連旅遊達人都會遇到的跳島危機，我們也遇到了！

原本悠哉地請計程車載我們到直島本村港搭船去豐島，結果計程車已被預訂一空，只好改搭 shuttle bus 到宮浦港。當排隊快到我們的時候卻剛好滿船，若搭下一班會延遲三個小時，後續行程會大亂，所有預約都得重做安排。我們拜託遊客中心幫忙叫車，但島上沒有多餘的計程車了。就在準備放棄的那一刻，竟出現了一台飛奔而來的計程車，千鈞一髮之際我們趕上了船，接上了原訂的行程，真是幸運！

此刻豐島上開滿北美一枝黃，一眼望去盡是黃澄澄的色彩。山邊海邊田園裡，淨是黃色的花朵漫天。我看過一部韓劇《謝謝》（《고맙습니다》，二〇〇七年），也是海島上的故事。故事說著世間沒有真正的絕境，我們對人和事充滿感謝，便會招來幸運。劇中沒有惡人的角色，只有因風土民情而被治癒的傷心人。那島上也開滿了黃色的連翹花，每一段轉場都能見到黃色。

黃色是幸運和感謝的顏色。我喜歡黃色。

那棵柿子樹

知道秋天來了
知道秋天快走了
一年將至最後的光彩

人只是歲月流逝中的一粒沙
豐盛喜悅苦難在昨日之前

明年柿子仍然會紅
結果就是如此
結果就是這樣

　　這是栽種在安藤忠雄於直島家計畫美術館庭院中的一株柿子樹。那門口型染的布帳也是柿子圖案。當時我站在那棵柿子樹下，往上一望就是圖中這個畫面。不知曾經在這個季節來到直島的旅人，是不是和我一樣看著這幅景色？

嵐山春色

有些季節景色
自己看是獨享
一起看是分享

赤子之心一直存在著
喜歡遠山的春天粉色

波光粼粼，倒影如鏡

中年的風景似乎揉進了灑脫

有次有序，可有可無
離別有期，相聚有時

在嵐山渡月橋的片刻
一群心意相通的友人
聊著過往的種種
美景之外還伴著甜絲絲的友情

去看一眼鴨川吧！

二〇二二年底旅行解封，我原本計畫的行程沒有京都。

「去看一眼鴨川吧！」

短暫停留不到二十小時，天光也不過幾個小時。從丸太町走至三条，秋天的鴨川惹人愁悵，我們一語不發地只管走路。

秋天的京都有黃有綠，秋高氣爽。鴨川旁是散步和運動的人，偶爾幾個在吹小號或拉小提琴的人，像是背景音樂。

我來京都這麼多次，鴨川的景致不變，改變的是世界。病毒、戰爭紛擾讓世人靜止下來省思所求為何？

鴨川向來是遊人如織，這幅畫就當作記錄一下遊客很少的鴨川吧！

器畫

喜歡各種器物
　　追根究柢還是喜歡「吃飯」這件事

　　你說生活有什麼醍醐味？

　　　　就在一杯咖啡或一道料理裡

我
的
器
物

　　追溯我買器、收器的年分，應該有二十五年以上，一切源自於我早期看日本的《雜貨目錄》雜誌（二〇一一年停刊）。編輯總把一餐飯的視覺弄得有滋有味，令人心生嚮往。除了料理，也介紹器物，讓讀者知道陶瓷的分野，進而去關心產地的文化歷史。

　　從小的教育沒有人教我們怎麼重視盛裝之美，長大後受到雜誌影響，這也是我早年開始寫雜貨的契機。

　　當時工作繁忙，又想要吸收更多知識，回饋到從事的禮品設計，最好的方法就是寫作。把所讀的要點記錄下來，轉化到現實生活中，讀得更多也會寫得更加道地。

　　二十幾年下來，如今自家的器物已經多到不行。除了店面銷售外，能添購的有限，目前以歷史經典和名家絕品為購買的要點。

　　「美」這件事因個性、年紀、經歷而異。早年我也喜歡印著可愛圖樣花紙的瓷器，這類器物多半是大量製造，用轉印的工序代替手繪，常出現在家常用品或餐廳用具上。

　　歷史經典的器物也有分野，比方說要煮飯的土鍋，伊賀產的最好；要能機洗價格實惠的，則會選有田燒的瓷器；要能堅固耐用，則推薦標榜民藝的器物；要插花的基本上柴燒最好，尤其是備前產的，透氣性佳，水不易發臭。

　　名家的器物也以實用為主。我不會一昧追求高不可攀價格的器物，每個器物最終仍是要能使用，而非束之高閣的收藏。

　　器型以好收納的通用尺寸為主，像是大皿、中皿、點心皿、飯碗等，在收納堆疊上不占空間。色彩的選擇也因人而異，我個人沒有特別設限花色或釉色，而是懷著研究的心情採買，不同的當下都能因料理找到合適的器物。

　　器物對我而言是有感情的存在，每一個器物是一段旅行或某個情境，看著它們就能喚起片段美好回憶。

我最愛吐司

去麵包店挑選麵包，我就是獨鍾香軟帶筋度的吐司。

眼前五花八門的各式麵包我通常都略過，吐司是第一選擇。它對我而言是澱粉類的基本款，只要有奶油、乳酪、肉品、果醬、時蔬等就能創作出不同的餐食。有包餡或加料的麵包往往是餐食的句點，吐司變化萬千，可以有很多想法在裡面。

曾經有一年，我因為新的工作室有完善的廚房設備，於是自我期許要經常做早餐。當時九點就要上班，總也能在飽餐一頓之後，從容地抵達公司。直到我二〇一七年退休，相簿裡累積了幾百道早餐風景。當時各種吐司料理的實驗真是有趣，因為料理的精彩在於食物和器物之間的搭配，色香味俱全，全在餐盤之間。

好的吐司奶油味應該輕盈，牛奶的成分佳，麵包體不能軟趴趴毫無嚼勁，也不能粉粉的掉屑，麵包邊不能太硬，須兼顧順口的一致性。對於吐司採買，我有小小的堅持。以上只論好吃與否，和健不健康沒有關係。

我選的經典白瓷餐盤是安藤雅信的作品。他是當代著名陶作家，在日本陶藝界享有盛名，喜歡透過形狀來表現器物之美。安藤雅信在決定以製陶作為一生的工作之後，為了製作出和現代生活相合、有著像是雕刻般美麗器型的白色器皿，經過整整三年反覆試作

仍無法突破，終於在一九九七年看到位於東京目白的「古道具坂田」
所展出的無花紋的荷蘭展。一看到的瞬間他就知道，這就是他想要
的白色器皿。

　　安藤雅信也向其效法，使用自己的陶土和釉藥，並且使用擅長
的タタラ技法（以敲拍的方式成形）來表現理想中的器皿。他製作
的圓皿總有「不圓的圓」這樣的氣味，變成重要的識別象徵。

一個人咖啡

多數時候
我會先到
點杯咖啡
不算等候

　　說到底，我真是一個時間控，只要碰到「時間」便顯得謹慎。約定好時間，我通常就會趁早出門，創造餘裕不至於窘迫，是我的自我要求。這些習慣都是在開始工作時便形成。

　　《一個人咖啡》這幅作品的背景故事想說的是生活態度，延伸
自我各方面的「創造餘裕」。比方耗電快的手機必須保持70%的電
力，必定帶著充電器；提案不會只有表述上的，會準備多個版本；
不輕易承諾，一旦答應必定全力以赴；金錢的使用觀念也必須確認
自己庫存充裕。年輕的時候辛苦一點，中年就能活得寬裕。

鯛魚燒

　　二〇二〇至二〇二二年的世紀大疫改變了世界，當所有行為都必須遵守規範，人們就會把飲食看得極為重要。

　　友人看到這一幅畫，說：「這是不是你在疫情的時候特別想吃的點心啊？」賓果！疫情期間，大家應該都會有特別想吃的東西。

　　那一陣子我畫了很多食物，因為常看ＯＴＴ平台上的異國美食節目，既然不能出國，有一段時間也不能到餐廳用餐，對想吃的東西特別有興味。

　　我挑了這一張盛裝在竹籃裡的鯛魚燒，想念那一咬鬆軟、邊緣焦脆的餅皮，紅豆餡融合了奶油的香氣和淡淡的鹹味。鯛魚燒必須

是鼓鼓的，形狀完整。我還在臉書上發問：「台北哪一家鯛魚燒最好吃？」一買到鯛魚燒就趁熱吃，這一點點微小的欲望就此滿足。

　　除了陶瓷之外，我也很愛收集木製、籐器等自然素材製成的容器。台灣產竹，竹編的器物使用淵源流長，從大到小的竹篩皆有用途。我小時候住農村，竹器使用頻繁，篩拾次級的穀米或中藥店陰乾藥材、炊粿蒸糕，無一日不用。我曾在南投採訪過竹製品的加工業，當時也跟著老師編了一只竹器。要能成器之前有很多功夫要做，除了鋸切竹管、劈剖竹片的製材過程外，編織的過程從起底→轉折→編器身→收緣口→紮邊→塗裝，都是時間和工藝之間的浪漫。有時將食材或料理用自然素材來盛裝，比用陶瓷器具看起來更加親切美味。

赭
色

赭色是我很少用的色彩。

某日，我翻閱雜誌看到類似這個畫面的照片，就想畫下來。

赭色是礦物的色彩，令我想到以前認識的陶藝家 Kea Takada 所製作的鐵釉器皿。她的盤子主要以土條成形的方式，將黏土纏繞堆疊，再以手指和拍打的器具敲打成形，回到最原始的製陶方式。赭色的鐵釉帶著赤黑的色彩，是火焰和泥土的顏色。

含有鐵質成分的釉藥統稱為鐵釉。陶土中原本就含有鐵等元

素，在陶瓷器物的燒成中，鐵質含量在顏色表現上扮演重要角色。中國最自豪的青瓷、白瓷和黑瓷的區別，就在於其釉料中氧化鐵含量的多寡。鐵釉器物常被認為是金屬製品，外觀有時候會呈現粗糙的結晶顆粒。鐵釉的赭色或帶黑亮的沉穩釉色風格，和料理是很親近的選擇。

礦物的生鏽感給人自然原始的觀感，我也透過這幅畫，向我一位喜歡的作家致敬。我覺得這幅畫溫潤古典，是我所有畫作中唯一的赭色背景。

長崎蛋糕

二十六歲的 Castella 小姐
第一次到長崎
咬下第一口有結晶砂糖的蛋糕
她就明白了
這不是蜂蜜蛋糕
是カステラ

　　我對所有甜點並沒有強烈的熱情，偏愛海綿蛋糕體的蛋糕。和吐司一樣吧！越是基本款越是容易理解，長崎蛋糕正是這樣的點心。正宗的製法不會加蜂蜜，蛋糕體帶有潮濕的口感，綿密又鬆軟，底部的砂糖是重點，和蛋糕體浸潤的時間是品嚐的趣味，表皮帶點焦香苦味的酶化反應在口中回味。

　　中皿的使用有很多變形，可以是圓皿，也可以是角皿，是料理中最常使用的食器，尺寸大約落在直徑十五至二十一公分，尺寸有五寸皿、六寸皿和七寸皿。在一般家庭的日常餐桌上，可用在盛裝主菜或是一人份料理，而且不只是中餐、晚餐的主菜，當作早餐的麵包盤或是點心時間的果子皿都可以。因為使用範圍廣泛，可以準備多種中皿來搭配，在器皿的選擇上非常多變，樣式簡單乾淨的瓷器是入門樣式。

御節料理

　　我因為有自家的茶室，加上研究茶道和日本器物及禮節文化，偶爾會邀請友人分享日本新年的料理。

　　在日本，每到新年就會被「御節料理」的廣告所吸引，各家飯店都會賣力推出豪華絢爛的「重箱」，盛況就像是農曆年前年菜外送般熱門。御節料理的特色除了要裝在重箱外，一般來說正式的重箱要有五層。

　　一之重：放下酒菜（祝餚）。
　　二之重：放燒烤菜。
　　三之重：放煮物為主（燉煮菜）。
　　與之重：第四層不叫四之重，而是稱呼為「與之重」，放醋物（醃漬物）。
　　五之重：不放任何東西。據說是為了放來自神明的好運，也有說法是為了明年也能放很多東西進去，所以保留一個空箱子。

　　重箱中的菜色都要用到象徵吉利的食材，以下是御節料理常用的菜色：

五重畫不下，這是簡略的個人重箱。

蝦子：長壽（鬍鬚長、身體彎曲，像老人）。

黑豆：成就認真努力工作之意。

伊達捲：智慧（類似書卷狀）。

昆布：開心（跟日語「喜」讀音相近）。

栗子：金元寶（象徵財運豐收）。

鯡魚子：多子多孫。

蓮藕：洞察事物（有許多孔洞）。

紅白蘿蔔：去除厄運（紅色去邪，白色清淨）。

小魚乾：五穀豐登（將小魚乾當肥料，撒在田裡）。

紅白魚板：半圓如同日出（象徵新的開始）。

竹筍：家庭繁榮（因竹子生長快速）。

鯛魚：發音有祝賀之意。

烏賊：象徵不老長壽。

菊型蕪菁：菊花具延長壽命的神力。

留め椀

留め椀也是止め椀
「止」和「留」的日文同音
用留字取代止字討吉利
端上這一道，暗示著結束，下次再會

用器物來表達主人家的禮數
賓客也知道其意涵
留め椀會搭配炊飯和漬菜
「招待不周，如果沒吃飽的話。」

懷石料理多用清澈的高湯和文化有關
鄉土或宴席則會出現醬湯
漆椀為木，不用陶瓷
想到和關守石一樣
人與人的分寸之間是優雅的結界

留め椀

生活不能 沒有花

我愛繁華的世界

也愛有花的荒野

住在喧鬧的城市

屋裡有花心暖甜

崖上的野百合

　　毫無經驗下第一次爬合歡北峰，對百岳新手來說，三千公尺以上的山要克服的不只是爬升，而是高海拔的氧氣。

　　唯有親身經歷，才會知道全身細胞渴望氧氣的那種迫切感。爬上第一段時已氣軟喘如牛，心臟似乎要從胸口跳出來了。

　　我看著隊友陸續魚貫而上，絲毫沒有緩下來的可能，才一小段路就開始懷疑：人生這樣對嗎？隊友熒熒讀出我臉上的困惑，說：「跟著我的腳步吧！」我緊跟著她的步伐後竟安穩了下來，慢慢地適應身體的節奏，完成登頂。

　　下山路段多是岩石地形，乾燥的隙縫中充滿砂質，在風很大、氣溫低的環境下忽然看到這一株野百合，真令人驚喜。它獨自存在，在奇特的環境下綻放幽香。

　　台灣野百合總是長在海角天邊的惡劣環境，只要能讓根部抓緊，便能長成優雅的模樣，如羅大佑的歌曲在耳邊輕唱：「*別忘了山谷裡寂寞的角落裡，野百合也有春天……*」它選擇了這裡，也能好好地成長。人生不也是如此？萬事不盡然是完美的，處於任何境地，若心態坦然，就能活得精彩。

海邊的野百合

我聽說春末夏初在北海岸的麟山鼻有野百合，便揀選一個好天氣去找野百合。

從麟山鼻步道一路繞一圈半島，直到近白沙灣附近的岩岸邊，遠遠看到一片金黃色的台灣佛甲草，我就意識到傳說中大片的野百合應該長在那邊。

海邊佈滿金黃佛甲草真是壯觀，迎風處一叢又一叢的野百合奮力開放，隨風搖曳，真好。別於高山上的野百合，這裡海拔低、氣溫高，共通點是炎熱和惡劣的地形及強風。

這也是台灣野百合的特性吧！（笑）雖有人工培育的品種，但於天邊海角自然生成的稱為「福爾摩沙」，葉子細（高山的比較長），花朵小，適應環境力強，在向陽處嶄露堅強的生命力。

與高山野百合的畫並陳兩篇，海拔雖差距三千公尺，但都生長在我們這一片美麗的寶島上。

額紫陽花

　　日本品種的額紫陽花和台灣華八仙很相似，開花時看起來像花瓣的其實是花萼，中央像花蕾的部分才是真花。這些小花蕾因雌蕊雄蕊皆已退化，不會開花。

　　我第一次看到這樣的繡球花時誤以為是在山裡常見的華八仙。華八仙也是繡球花的品種，台灣能見的都是白色，我在日本路上經常看到的則是品種改良後的額紫陽花，多呈現粉紫或粉紅色。

　　不管日本或台灣所見，名稱雖不同，但通稱繡球花也可以。植物的世界多親戚朋友，台日友好（笑）。

　　萬物有時，花原本只在屬於它的季節開放，因花而得時令。但因農業科技和世界貿易的發達，過去紫陽花多開在春末夏季之時，令人想起梅雨季節，現在到花市買切花，繡球四季皆有。

植物的愛意

某次登山後，大夥在車上聊五行，我說我從來不知道自己的五行是什麼，詹偉雄大哥轉過頭來看看我說：「米力一定是屬金啦，看起來就是！」結果一查，我的五行有80％是金，獨缺木，照五行來說必須補木。

說來也是巧合，我在文具禮品公司待了二十七年，它就是屬木的行業。紙製品或木製品都離開不了木，以前辦公室裝潢的地板和牆面也都是木，難怪我身為變動性那麼強的射手座會一直離不開這家公司，一路待到退休。

再來是我的工作室，也是種滿植物，從來沒有人建議我種植物補木，是我自己覺得喜歡就開始種，不可收拾地種成一座小森林。

登山也是。森林令我自在，這幾年漸漸少出門，不是待在工作室畫畫，就是去戶外親近大自然，雖然命中缺木，生命自然帶我去到充滿木的環境。

「休」是人倚靠著木，靠近木才能得到充分的休息和安全感，我能體會這種感覺。

山杜鵑

　　野生的山杜鵑比較美，枝葉恣意發展，姿態優雅自然，具有線條美。

　　杜鵑是春天的聲音，花開時，天氣也暖活了。我登山時偶見枝條細雅的山杜鵑，躲藏在向陽的陡坡高處，或是因落下一地的嫣紅，昂首才望見它。

　　在這個季節也可以到花市去，運氣好的話能撿選到漂亮的山杜鵑，多是白色的。它像是從樹上砍下來的，很大一株，幹粗枝細，白綠花葉茂密，需要很大的甕型花器才插得好，也能分剪局部投入花器，屋裡瞬時亮潔了起來，留存著空谷幽靈的氣韻。

　　還是野生的美麗，見圖憶花。

日常中的白頭翁

日子本來就糊塗
沒有平假日之分

既然如水如空氣
澹然自然如日常

自由工作者的行事曆是為了提醒自己今天是幾月幾號星期幾，每天的生活模式相同，自然假日平日沒有意義。

雖然有時會出去趕趕時髦，參與一些華麗的活動，結束後仍是搭捷運或公車回家，回到淡淡的日常。

花市經常有進口的白頭翁，瓶插起來很有歐洲的優美氣息。經常插花的我偏愛本土草木類的切花，但偶爾也會買這類看起來嬌貴的花，增添日常中的華麗感。

「恬而無思，淡而無憂」，不一定非要如何不可，也不需要有絕對之心。

四照花影

雪白映四面
風采照八方
綻放在枝枒
此花非彼花

　　某天我買到這一株日本的四照花，它的枝條和葉片很像吊鐘，勁幹細枝，花朵優雅暖白，不需特別修剪，看起來就是一幅畫，把它畫下來也是自然而然。

　　我工作室的牆本來是藍綠色，二○○七年翻修的時候調了這款蒂芬尼色，看久了也生膩，便買了灰泥和塗料換成現在如清水泥的牆色。灰色包容度更大，適合各種插花的品種，尤其是這類有線條的枝葉。

　　我說年齡是上天給予的最好禮物，年輕的時候容易追求形式上的雅俗，常常覺得非黑即白才是正義，現在比較能理解黑白之間的灰階。

　　此花非彼花，四照花是一種典型的頭狀花序，那四片白色是苞片，不是花瓣，在中央看起來像花蕊的部分才是一朵一朵的小花。

紫中帶黑的鬱金香

　　鬱金香應該是大家最常見的西洋花卉，連三歲小孩都知道鬱金香吧！兒童畫花，不是畫五瓣花，大概就是畫鬱金香，說它是花界的鄰家女孩也不為過。

　　我很少買鬱金香，就如我很少買玫瑰花一樣，主要是因為需要花時間養護才開得好。先泡水醒花、加氣泡水、水不能太多又不能過少、要注意溫度等等，都要特別伺候。

　　那日我見到這一把紫中帶黑、頗有神祕氣息的鬱金香，太喜歡了！運氣也很好，沒有用心養護也開得很好。

金合歡

　　日雜族群的愛花方式，會仙氣地紮成一個花圈，或是製成乾燥花。我自己則是喜歡以豪邁的方式一把投入花器。插花這麼多年，其實很少見到金合歡，因多是澳洲進口，尤其在過年時，金黃色的花總是價格不斐。如在產季買一把金合歡插上，貼在社群上總會得到很多讚美，實在讓人見一次愛一次。

　　但其實它和台灣相思樹同是豆科含羞草亞科金合歡屬的植物。相思樹在郊外隨處可見，也開著成串的黃色球狀花朵，只不過相思樹長得高，花朵也相對較小，但野性高，一般人多半不太會注意到。

　　我小時候常和三五好友一同遊百果山，附近的山腳下有許多產業林道，沿路都是雜生的相思樹。在黃花搖曳的季節，我們一邊爬山，一邊交換心裡的祕密。

含笑花

　　我對含笑花是充滿感情的。「含笑」是二阿姨的名字，因家族遺傳性高血壓，她年紀輕輕就中風，為方便照顧就搬回娘家住。

　　她一直沒有女兒，三番兩次跟還只是小學生的我央求要我當她的女兒。中風的她步履蹣跚，會走到學校去等我。我小時候很排斥這些事，怕被同學看到，追根究柢是無知的害怕，缺乏同理心。

　　這是家族的遺傳疾病，阿嬤也因此年紀輕輕就走了，母親也時常因高血壓而情緒起伏不定，我這個女兒的角色似乎是收集大人壓力的容器……

　　沒幾年，二阿姨也走了。我想想，不到四十歲的女人，禁錮在不能使喚的身體，慢慢一點一滴地失去，沒人為她書寫留下些什麼……

　　含笑花香味濃郁
　　在哪裡都長得好
　　記憶雖已淡薄
　　但花朵的味道很清晰
　　我記得你含蓄的笑顏

炎夏中的萍蓬草

　　我在出雲大社的神樂殿旁見到這種珍稀植物。之前我沒有見過萍蓬草，它在神域的地方，獨立在污泥池塘中，綻開於水面。

　　日本全國各地的眾神，每年十月都要來出雲大社與大神密會。屆時，各地的神社是神無月，出雲大社是神在月。

　　噢，不能免俗地想求一支好籤。我抽到一支「今年很好命」的籤（謝謝大神們）。

　　萍蓬草黃色的花萼包裹著不甚明顯的花瓣，也稱黃睡蓮，像是水中的蓮座燈一閃一閃，解脫於凡世。

　　「人間的蓮花不出數十瓣，天上的蓮花不出數百瓣，淨土的蓮花千瓣以上。」

　　當天傍晚，我得知友人意外離去，感歎世間無常。是炙熱炎夏的因果，能歲月靜好，誰不想？

　　無常提醒著我們，珍重每一天生活的禮讚。

向光

二〇一九年末,世界混沌不明。記得二月初我還去了一趟日本,當時口罩連日本也買不到,但社會氛圍仍是如常,沒有人知道浩劫將至,只相隔不到一個月。

《minä perhonen /皆川明つづく》的展在二〇一九年十一月,前後我飛去日本看了兩趟,影響我最深的就是留下「原作」。

我從二〇二〇年開始脫離了習以為常的電腦繪圖。我進入電繪大概也有二十年,因工作存檔方便,很少留下手繪原作。

當我開始慢慢脫離被制約的手繪板後,似乎也找到生命中的光亮。開始佈置繪圖的氛圍便是採購顏料和畫具,不待在電腦前面之

後，似乎生活變得更有彈性。

這是一系列走向「極簡」的「向光系列」，也脫離寫生感的描繪，用插畫的手法來解構眼前的花與器。這系列其實有十幾幅，在二〇二一年畫展的時候全數賣出，揀選一張放到書裡留念。

許多購買畫作的友人告訴我，似乎從我的作品中看到自己需要的光亮。

李歐納·科恩（Leonard Cohen）的一首歌〈Anthem〉中有一段歌詞：「*萬物皆有裂隙，那是光照進來的地方。*」每株植物都在找尋光芒。

到了六月就會開花

四季更迭不就是如此
時間到了就花開

每次的紫陽花季都令人心喜
毫不猶豫地綻放
像是要辦一場 party
所以要盛裝出席

花開花謝
逝去的化為泥土

美好就留在心底
期待來年的夏季

黃色鈴鈴聲

南台灣的春色
有自由的氣息

風鈴花開
鈴鈴鈴鈴

黃色爛漫
隨風搖曳

越是乾燥人焦急
無語無水土乾裂

Slowness: the Name of Scenery

風鈴花喜乾燥氣候
抓住時刻奮力開放
爭先恐後花團錦簇

放下焦急看黃風鈴
鈴鈴鈴鈴
花謝了雨天也來臨

早安！虞美人

在北海道路邊可以看到野生的虞美人，真是令人歡欣！這品種的花瓣圓滾又大，很帥氣！

野生的姿態花如其名，嬌柔又明豔動人。我喜歡大自然、喜歡登山，多是來自植物的召喚，它們有著沁人心脾的能量。

來自歐洲、野裡野氣的虞美人為何會出現在北海道路邊？也許是跟富良野大量栽植的花田有關。每到花季總會引來大批觀光客駐足拍照，人氣不輸薰衣草。「賞花經濟」也是北海道的觀光特色，就如同人們不遠千里到普羅旺斯賞花。在短暫開花季的北海道，有著得天獨厚的氣候和風土，即使是外來種也生機蓬勃。

在路上和虞美人不期而遇是緣分，令人想動筆畫下來，記錄北海道短暫的豔紅。

鈴蘭藍

鈴蘭又稱「君影草」
不以無人而不芳

那出奇潔白無瑕的花
也需肥沃的泥土滋養

細白小巧如吊鐘的花朵
雖不語
心中卻響著鈴鈴的聲音
帶來幸福的預兆

在台灣也可以試著挑戰種鈴蘭，通常春節年後可以在建國花市買到球根，按時澆水就會萌芽開花，並不難種。

在歐洲，互贈鈴蘭有分享幸福的寓意。一株剛好十三朵小花的鈴蘭會帶來好運，「鈴蘭婚」又代表結婚十三年。真的開滿十三朵稱為幸福之王！和尋得一株四瓣幸運草一樣，皆是可遇不可求的好運到。

鼠麴草

　　以前我婆家在石碇的山凹處有一間房子，位於烏塗窟，無鄰人，環山懷抱，也沒有地標。一條細細的產業道路直直下行，介於溪谷之間。

　　那本來是古老的磚牆瓦屋，因年歲已久，婆婆將之改建成兩樓的新式獨棟。前面有個小庭院，小狗和務農完的外公外婆會在小亭子裡休息。屋子面向群山，有著三六〇度的綠意盈盈，百年來有茶的時候採茶，有筍的時候採筍，所有日常的蔬食都是自家種的。

　　冬季既濕又冷，夏季卻很涼爽。五月桐花季，滿山遍野地開放，落英繽紛，踩在桐花的小路上甚是浪漫。在春夏之間，屋邊陰處或者路邊就有鼠麴草，一畦畦黃綠交錯，甚是美麗。

　　以前我以為這是野草，殊不知婆婆會去採鼠麴草後曬乾，做成草仔粿，內餡是豬肉末和蘿蔔絲拌炒的口味。鼠麴草清明時分很多，多做一些剛好祭祖，夫家人都愛婆婆的料理。

　　我女兒安安小時候常被婆婆帶來這裡小住。她不怕小蟲，我牽著她的小手，時而採花、踏著桐花或到溪邊看野薑花。我看著她逐漸長大，從搖搖擺擺地走路到能安穩地小跑步。

　　後來，那一年的納莉颱風掩埋了這裡的一切，來不及收拾任何回憶。

　　凡製成標本的表示收藏，畫成標本的是藉此懷念。

　　回憶是這樣，現實也是這樣。只有我們知道過去的好，從此以後很難再和他人分享。

不用看得太清楚

莖葉茂密
花朵朦朧

有些事知道就好
不需太用力較真
看輪廓也很美麗

「不用看得太清楚」這個道理是夫君的生活準則，他對家人一向自由，這也是婆婆的態度，應該是耳濡目染吧！

我來自凡事喜歡追根究柢的家庭，但我生性喜歡自由，討厭框架和約束，遇到「不用看得太清楚」的家庭，這二十七年來的生活相安無事，少有波折。

我認為距離和保留模糊是人與人之間最好的交往方式，也許有人喜歡掏心掏肺，但相對是不是就會計較付出？

畫這一幅畫的時候，我想表達的就是「模糊」也是美的一種形式。

正月的蠟梅

正月的蠟梅
綻放金黃
晶瑩剔透

越冷越開花
花語是獨立

我很愛黃色！時不時都有代表時令黃色花朵的植物。過年前，大家都會去花市採購過年的花，紅色、橙色、黃色，或是噴上金銀油漆的綠色植物很有年節的氣氛。

這是日本蠟梅，蠟梅的花瓣像是蠟雕作品，光潤無瑕，在冬季的暖陽中特別動人。台灣少有黃色的蠟梅，在正月可以去武陵農場一探成林的蠟梅花（如果不擔心人潮多的話）。

餘暉中的雙扇蕨

夕陽西下
還有餘光
植物漸枯
仍然存在

只要稍微了解雙扇蕨，就會知道它的珍貴。它是雙扇蕨科雙扇蕨屬下的一個種，二億年前流傳至今的蕨類生態傳奇之中，台灣特殊的蕨類植物。

我也是爬山才知道的。在陽明山擎天崗往風櫃嘴路段上可以巧遇，在暖東峽谷的郊山陰處有一大片，金瓜寮魚蕨步道某條產業公路上我也見過一大片，明確地點難記，全靠緣分。

花市偶爾也有賣採下來的雙扇蕨，但完全無法保持常綠的狀態，瓶插幾個小時後就捲曲枯黃，但乾枯也能展現它的硬骨，摸一摸還真的像是化石。另外也有人將之噴上蠟漆，呈現墨綠般的乾燥模樣，我家裡保存了這兩種狀態的雙扇蕨，姿態很美。

　　希望藉由「餘暉中的雙扇蕨」在你的心中留下一些幸福感。說幸福不容易，沒有悲傷哪來喜悅，植物的榮枯亦代表萬事皆有定數，學習自在內觀自我，謙懷一切。

Essential 38

緩慢是風景的名字

作　　者　米力

封面及內頁設計　格式設計展策

排　　版　立全排版

編輯顧問　曾文娟

主　　編　詹修蘋

版權負責　李家騏

行銷企劃　黃蕾玲、陳彥廷

副總編輯　梁心愉

初版一刷　2024年3月11日

定價　新台幣540元

出版　新經典圖文傳播有限公司

發行人　葉美瑤

地址　臺北市中正區重慶南路一段五十七號十一樓之四

電話　886-2-2331-1830　傳真　886-2-2331-1831

讀者服務信箱　thinkingdomtw@gmail.com

總經銷　高寶書版集團

地址　臺北市內湖區洲子街八十八號三樓

電話　886-2-2799-2788　傳真　886-2-2799-0909

海外總經銷　時報文化出版企業股份有限公司

地址　桃園市龜山區萬壽路二段三五一號

電話　886-2-2306-6842　傳真　886-2-2304-9301

國家圖書館出版品預行編目 (CIP) 資料

緩慢是風景的名字 / 米力圖文創作. -- 初版. -- 臺
北市 : 新經典圖文傳播有限公司, 2024.03
232 面 ; 15.5*23 公分. -- (Essential 38)
ISBN 978-626-7421-15-4(平裝)

863.55　　　　　　　　　　　113001250